Analyse de l'œuvre

Par Gaëlle Cogan
et Apolline Boulanger

Du côté de chez Swann

de Marcel Proust

lePetitLittéraire.fr

Rendez-vous sur lepetitlitteraire.fr et découvrez :

Plus de 1200 analyses
Claires et synthétiques
Téléchargeables en 30 secondes
À imprimer chez soi

MARCEL PROUST

ÉCRIVAIN FRANÇAIS

- **Né en 1871 à Paris**
- **Décédé en 1922 dans la même ville**
- **Quelques-unes de ses œuvres** :
  - *Les Plaisirs et les Jours* (1896), recueil de poèmes en prose et de nouvelles
  - *À la recherche du temps perdu* (1913-1927), cycle romanesque
  - *Contre Sainte-Beuve* (1954), recueil de fragments

Marcel Proust est un écrivain majeur du XXe siècle. Sa grande œuvre, *À la recherche du temps perdu* (prix Goncourt 1919), a marqué le renouveau du roman.

À la fois chronique d'une société (celle de la Belle Époque, qui précède la Première Guerre mondiale, 1914-1918), description des intermittences du cœur, réflexion esthétique, philosophique et morale, cette œuvre très complexe a étonné ses contemporains et continue d'impressionner le lecteur par son originalité ainsi que par l'étendue et la profondeur de sa réflexion.

DU CÔTÉ DE CHEZ SWANN

AU CŒUR DU MONDE PROUSTIEN

- **Genre** : roman
- **Édition de référence** : « Du côté de chez Swann », in *À la recherche du temps perdu*, Paris, Gallimard, coll. « Bibliothèque de la Pléiade », vol. I, 1987, 420 p.
- **1re édition** : 1913
- **Thématiques** : amour, jeunesse, écriture, temps, rêve, voyage, société

Publié en 1913 à compte d'auteur, *Du côté de chez Swann* est le premier tome de la *Recherche*. Il est composé de trois parties hétérogènes.

Dans la première partie, « Combray », le narrateur raconte ses souvenirs d'enfance, son attachement à sa mère et ses premières lectures. Les personnages qui hanteront toute l'œuvre, à l'instar de Swann, y font leur première apparition.

La deuxième partie, « Un amour de Swann », retrace la vie passée de Swann et son amour jaloux pour Odette.

Enfin, la troisième partie, « Noms de pays : le nom », est une rêverie sur les voyages que le narrateur désire entreprendre, mais que sa maladie lui interdit. Cette partie relate également les premières rencontres du narrateur, ainsi que la naissance de ses sentiments et de son désir pour Gilberte, fille de Charles et d'Odette Swann.

RÉSUMÉ

COMBRAY

Le narrateur, insomniaque, après une réflexion liminaire sur le réveil, le sommeil et l'habitude, évoque les souvenirs de son enfance lors de ses vacances à Combray (Normandie), dans la maison de sa tante Léonie. Il parle ainsi du drame quotidiennement répété de son coucher (lorsqu'il lui fallait attendre, dans l'incertitude et l'angoisse, un baiser de sa mère, à laquelle il est terriblement attaché, pour pouvoir affronter la nuit), de la lanterne magique qui projette au mur des personnages de légende, des journées et soirées en famille, et des visites de Charles Swann. Ce dernier est présenté à la fois comme un voisin cordial et comme un homme du monde. On comprend, à la faveur d'allusions, qu'il a fait un mauvais mariage.

La première partie de ce chapitre inaugural se clôt sur l'épisode célèbre de la madeleine trempée dans la tasse de thé qui, par sa saveur, ressuscite le Combray de l'enfance dans toute sa plénitude. Le narrateur oppose la mémoire involontaire, illustrée dans ce passage, à la mémoire volontaire, qui n'offre que des souvenirs partiels.

Dans la seconde partie, le narrateur commence par dépeindre Combray, l'église de la ville, puis évoque sa tante Léonie, les habitudes de cette dernière, les deux chambres dans lesquelles elle limite sa vie ainsi que les conversations qu'elle entretient avec sa domestique et cuisinière Françoise. Une multitude de nouveaux personnages entrent ensuite en scène : Legrandin, un ingénieur et artiste amateur qui critique le snobisme pour s'en rendre coupable quelques pages plus loin ; l'oncle Adolphe, qui se brouille avec la famille après avoir présenté au jeune narrateur « la dame en rose » (ainsi que ce dernier la surnomme), une « cocotte » (ainsi qu'il entend qu'on la nomme), autrement dit une femme qui se fait entretenir par la haute société en échange de sa bonne compagnie afin d'avoir accès au milieu mondain – on comprend plus tard qu'il s'agissait d'Odette, l'épouse de Swann ; Bloch, ami du narrateur, mais peu apprécié de la famille, qui finira par être mis à la porte. C'est par son intermédiaire que le narrateur découvre l'œuvre de l'écrivain Bergotte. Il apprend aussi que la fille de Swann, Gilberte, est amie avec l'écrivain, ce qui la rend prestigieuse à ses yeux.

Les jours pluvieux, la famille du narrateur se promène du côté de la propriété des Swann, vers Méséglise. Au cours d'une balade, le narrateur aperçoit de loin Mlle Gilberte Swann et s'en éprend. On fait également la connaissance du compositeur Vinteuil et de sa fille. L'amie de Mlle Vinteuil s'installe avec elle, ce qui entame la réputation des deux jeunes filles et brise le cœur du père. La tante Léonie décède, Vinteuil également. Lors de promenades solitaires, le narrateur rêve d'embrasser une petite paysanne dans les bois : c'est la naissance du désir. Épiant la fenêtre de Mlle Vinteuil, le narrateur surprend une scène de sadisme : l'amante de Mlle Vinteuil prend plaisir à tenir des propos blasphématoires et à poser des gestes d'affection et de désir pour elle devant le portrait de son défunt père, M. Vinteuil. Le narrateur découvre l'homosexualité féminine, mais aussi le rapport entre plaisir charnel et cruauté.

Les jours ensoleillés, la famille passe le pont pour de longues promenades au bord de la Vivonne. Le narrateur imagine des conversations avec Mme de Guermantes, la châtelaine, et révèle son gout pour la création littéraire.

Le narrateur quitte ensuite ses souvenirs de Méséglise et de Guermantes, à la faveur du jour qui probablement se lève, et rappelle son lecteur à la chambre initiale où il avait entamé son récit.

UN AMOUR DE SWANN

Dans la deuxième partie de ce premier tome de la *Recherche*, le narrateur dévie de son histoire pour se consacrer à celle de Charles Swann, le voisin mondain que sa famille reçoit régulièrement à Combray. Le narrateur s'intéresse particulièrement à la relation que Swann entretient avec Odette, qu'il rencontre par l'intermédiaire d'un ami. Bien qu'elle ne soit pas dépourvue d'une certaine beauté, Odette n'attire pas immédiatement Swann qui hésite même à la trouver repoussante. Du reste, Odette ne brillant ni par son esprit ni par ses gouts esthétiques, qui se révèlent d'emblée très superficiels, elle n'attire pas non plus, au plan de l'esprit, l'attention de Swann.

Cependant, Odette introduit Swann dans le salon des Verdurin, qu'elle fréquente assidument en compagnie de Vinteuil, du docteur Cottard et de sa femme, ainsi que d'un peintre anonyme. Swann, habitué à des salons plus cotés, fait une excellente impression auprès des Verdurin. Les rendez-vous avec Odette se multiplient et la petite phrase musicale de la sonate que Vinteuil exécute pour les

« fidèles » du salon devient « l'air national de leur amour » (p. 315). Swann continue malgré tout à fréquenter une jeune ouvrière, jusqu'au jour où, n'ayant pas trouvé Odette chez les Verdurin, il passe la soirée à la chercher sans succès. Très agité, il finit par la rencontrer par hasard. Il la raccompagne et passe alors la nuit avec elle.

En dépit du mauvais gout d'Odette et de sa réputation douteuse, l'amour que lui porte Swann s'intensifie. Comme il ignore à quoi Odette occupe ses journées en son absence, Swann commence à devenir jaloux, particulièrement envers le comte de Forcheville, le nouveau favori du salon des Verdurin depuis que Swann, ayant trop souvent laissé échapper qu'il appartient en réalité à une plus haute société que celle des Verdurin, est tombé en disgrâce. Un soir, prétextant être souffrante, Odette renvoie Swann. Plus tard, soupçonneux, ce dernier croit voir de la lumière à la fenêtre de la jeune femme : la jalousie le consume jusqu'à ce qu'il se rende compte que la fenêtre éclairée est en fait celle des voisins. Odette commence à mentir et les Verdurin, devenus définitivement hostiles envers Swann, sont un obstacle de plus à leurs rendez-vous.

Swann tente de tirer au clair certains bruits qu'il a entendus sur la légèreté des mœurs d'Odette. Cette dernière, lorsqu'elle ne cherche pas à le changer, devient irritable et distante. Swann retourne dans le monde dont la familiarité le réconforte. Lors d'une réception donnée par Mme de Saint-Euverte, tout lui rappelle Odette. En particulier la petite phrase musicale de la sonate de Vinteuil qu'on y joue. Il comprend que le sentiment qu'Odette éprouvait pour lui ne renaitra plus. Après avoir compris qu'elle partait en Égypte avec le comte de Forcheville, il reçoit une lettre anonyme stipulant qu'Odette n'est pas une femme vertueuse. La jeune femme lui avouera elle-même ses infidélités, avant de partir pour une longue croisière avec les Verdurin. Un an plus tard, Swann croise Mme Cottard qui lui assure qu'Odette l'adore. Cette confidence suspend la jalousie de Swann. Puis, son amour s'affaiblit et, petit à petit, le quitte.

NOMS DE PAYS : LE NOM

Dans cette dernière partie, le narrateur reprend le fil de son histoire. Sa santé fragile l'empêchant de voyager lorsqu'il était enfant, il raconte sa fascination pour les noms de lieux. Son désir de voir Balbec, Venise ou Florence est si grand qu'il crée pour chacune de ces villes un double imaginaire modelé à partir de ce que la sonorité du nom lui évoque, ou par ce qu'on lui en a dit. De même pour la Berma, une actrice dont on lui interdit les représentations pour ne pas aggraver sa fragilité, à laquelle il confère une stature mythique.

Aux Champs-Élysées, le jeune protagoniste rencontre Gilberte. Son amour pour elle s'intensifie, est déçu lorsqu'elle ne vient pas et devient exalté lorsqu'ils cessent de se vouvoyer. Il attend une lettre dans laquelle Gilberte lui avouera son amour. Il n'idolâtre plus Bergotte, car ce dernier rencontre souvent la jeune fille, et elle porte à l'écrivain beaucoup trop d'intérêt à son goût. On apprend que Swann est brouillé avec les parents du narrateur.

Au bois de Boulogne, le narrateur attend qu'Odette, mère de Gilberte, elle aussi imprégnée de son charme et de son mystère, passe en voiture. Odette de Crécy, la « cocotte », est devenue Mme Swann, l'épouse d'un homme qui a des amitiés puissantes – Charles Swann. Elle est devenue une femme élégante dont on admire les toilettes. *Du côté de chez Swann* se termine par le souvenir d'une promenade au bois des années plus tard, alors que la mode a changé et que les anciennes victorias, cabriolets hippomobiles (c'est-à-dire tirés par un ou plusieurs chevaux), ont cédé la place aux automobiles. Le narrateur voit que la réalité qu'il a connue n'existe plus et regrette la distinction des femmes et des hommes de son enfance.

ÉTUDE DES PERSONNAGES

LE NARRATEUR

Narrateur de la *Recherche*, il en est également le personnage principal, toute l'œuvre s'animant autour de ses pensées, de ses réflexions et de ses souvenirs.

Du côté de chez Swann relate surtout son enfance et voit naître les questionnements et thématiques qui occuperont tout l'ouvrage. Le narrateur s'éclipse toutefois du récit dans la deuxième partie, « Un amour de Swann », lorsqu'il laisse la place au récit des amours de Charles Swann pour Odette, à une époque où il n'était pas encore né. S'il ne l'a pas vécue, le narrateur relate néanmoins en détail la rencontre de Swann et d'Odette, leur vie dans le milieu mondain parisien et l'évolution de leur relation.

Le narrateur est donc à la fois :

- **l'adulte** insomniaque qui prend en charge l'ensemble du récit de la *Recherche*. Évoquant ses souvenirs, il livre des réflexions sur ses sentiments et ses sensations passés, et révèle également ceux de Swann ;
- **l'enfant** (« Combray ») et le **pré-adolescent** (« Nom de pays : le nom ») dont il restitue précisément les actions et les pensées.

Il se décrit comme un enfant à la santé fragile et dont l'appréhension sensible du monde est proche de celle qu'en a un artiste. C'est du moins ainsi que le caractérise Legrandin, non sans quelque flagornerie, lorsqu'il s'adresse au narrateur enfant : « Vous avez une jolie âme, d'une qualité rare, une nature d'artiste. » (p. 67) Rêveur, il s'éprend de Gilberte, fille de Charles et Odette Swann, qu'il aperçoit dans « Combray » et qu'il ne rencontre véritablement que dans « Nom de pays : le nom ». Ils deviennent d'ailleurs amis. Si Gilberte ne ressent rien pour lui, elle est la première femme que le narrateur aimera dans la *Recherche*.

Narrateur et personnage, son esprit hante l'histoire, que ce soit dans les parties relatant son passé ou dans celle consacrée entièrement à Charles Swann, par le truchement de laquelle il annonce en réalité des sentiments qu'il aura lui-même à vivre dans les tomes ultérieurs – Swann et le narrateur partageant nombre de traits communs :

- ce sont tous les deux des personnes raffinées appréciant l'art, la littérature et qui connaissent le bon gout. C'est d'ailleurs souvent Swann qui est chargé de choisir les représentations de monuments historiques que la grandmère paternelle du narrateur souhaite lui offrir ;
- ils vivent tous les deux un amour contrarié. Le narrateur est frustré que sa mère ne lui offre pas le baiser du coucher et angoisse en attendant sa venue, tandis que Swann nourrit une angoisse similaire lorsqu'Odette le délaisse ;
- ils tombent tous les deux amoureux d'une fille de Crécy : Swann s'éprend d'Odette, le narrateur, de sa fille Gilberte.

SWANN

Personnage récurrent dans ce premier tome de la *Recherche* (le chapitre « Un amour de Swann » lui est entièrement consacré), Charles Swann incarne une figure de dandy et d'esthète. Il est l'un des rares personnages dont le narrateur daigne renseigner quelques détails de l' apparence physique : il est roux, porte la moustache et arbore souvent un monocle.

Dans « Combray », il apparait d'abord comme le bon voisin fidèle qui s'est malheureusement mésallié. Il est souvent invité par la famille du narrateur et devient un élément perturbateur pour l'enfant car les visites de Swann empêchent la mère du narrateur de se retirer pour lui délivrer l'indispensable baiser du coucher.

Dans le chapitre « Un amour de Swann », on retrouve le personnage une dizaine d'années plus tôt, alors qu'il est à Paris. Il a des relations très haut placées et est l'invité de marque de la haute bourgeoisie. C'est sur les conseils d'un ami, lors d'un diner mondain, qu'il aborde Odette de Crécy. Très vite, il en tombe amoureux en dépit des différences qui les oppose : Swann est issu de la haute société cultivée et a des gouts raffinés, tandis qu'Odette n'a pour elle que des charmes superficiels dont elle use auprès des hommes pour pouvoir devenir une demie mondaine. Leur idylle est contrariée par l'angoisse et la jalousie de Swann qui nourrit rapidement des doutes quant à l'honnêteté, à la vertu et à l'exclusivité de l'amour que lui réserve la jeune femme. Tout oppose les deux personnages, mais Swann n'en prend conscience qu'au terme du chapitre. Malgré toutes ces réserves, Swann épousera finalement Odette, à la surprise générale et sans plus de détail.

Dans la dernière partie de *Du côté de chez Swann*, « Noms de pays : le nom », on retrouve à nouveau Swann, bien qu'il ne soit plus au centre de l'histoire. Le narrateur évoque le mauvais mariage de Swann avec Odette et l'amour naissant qu'il éprouve lui-même pour Gilberte, leur fille.

Si ce premier tome de la *Recherche* est en grande partie dédié aux jeunes années du narrateur, il est pourtant intitulé *Du côté de chez Swann*, indiquant déjà au lecteur l'importance qu'aura cet homme et les traits d'esprit qu'il partagera avec le narrateur. Enfin, en plaçant au cœur de ce premier tome un chapitre intitulé « Un amour de Swann », le parallèle entre les deux personnages est rendu plus flagrant encore, notamment pour ce qui concerne l'appréhension du sentiment amoureux.

LA FAMILLE DU NARRATEUR

La famille du narrateur est très présente dans *Du côté de chez Swann*, notamment dans « Combray ». Les figures les plus importantes dans le récit sont la mère et la grand-tante Léonie. Le père du narrateur, quant à lui, est peu mentionné et fait preuve d'un caractère lunatique.

La mère et la grand-mère

La mère du narrateur occupe une place de choix dans ses souvenirs et ses sentiments. Déjà très prégnante dans

« Combray » et « Noms de pays : le nom », sa place dans les souvenirs du narrateur restera très importante dans l'ensemble de la *Recherche*. Elle est source d'obsession, d'amour et d'angoisse lorsque le narrateur est enfant. Le rituel du coucher le montre bien : il est dépendant de son baiser pour pouvoir dormir sereinement. Contrairement à de nombreuses autres femmes du roman, mondaines et superficielles, la mère est intelligente, pleine d'esprit, de délicatesse, et est douée pour la lecture. En cela, elle est proche de la grand-mère du narrateur, qui incarne elle aussi une figure féminine positive et lui inculque le gout de la culture et du raffinement en lui offrant de la littérature et des reproductions d'œuvres d'art.

La grand-tante Léonie

Léonie est la grand-tante paternelle du narrateur et vit à Combray. C'est elle qui reçoit le narrateur et ses parents à l'occasion des vacances. Alitée en raison de ses souffrances et de sa maladie, dont tout le monde soupçonne la nature imaginaire, elle occupe deux chambres, chacune donnant sur un côté différent de la rue. Elle se repait ainsi du spectacle du monde, écoute d'une oreille attentive les ragots de ses visiteurs et cultive l'art de l'indiscrétion avec sa fidèle domestique et cuisinière Françoise. C'est à son souvenir qu'est rappelé le narrateur lors de l'épisode de la madeleine : tandis qu'il déguste un morceau de cette pâtisserie trempé dans une infusion, il se souvient que c'est à sa grand-tante Léonie qu'il doit la découverte cette volupté et se remémore sa vie passée à Combray.

ODETTE

Odette Swann née de Crécy apparait pour la première fois sans être nommée dans « Combray ». Le narrateur la rencontre alors qu'il rend visite à son oncle. Enfant, il la surnomme pour lui-même « la dame en rose ». On apprend également qu'elle est celle avec qui Swann s'est mésallié. Le narrateur la qualifie de « cocotte ». Ce terme péjoratif dit de sa personne qu'elle est une demi-mondaine, une femme entretenue par les hommes. Sa rencontre avec Swann est relatée dans « Un amour de Swann ».

Tout d'abord sceptique envers cette femme sans originalité (« un genre de beauté qui lui était indifférent, qui ne lui inspirait aucun désir, lui causait même une sorte de répulsion physique », p. 193), Swann s'émerveille de sa beauté une fois qu'il lui trouve une ressemblance avec la fille de Jéthro telle que dépeinte par Botticelli (peintre italien, 1445-1510) dans son œuvre *Les Épreuves de Moïse* (1481-1482) : « Il la regardait ; un fragment de la fresque apparaissait dans son visage et dans son corps, que dès lors il chercha toujours à y retrouver. » (p. 220) Bien que, selon M. Verdurin, elle ne soit « pas une vertu, ni une intelligence » (p. 224), elle devient pour Swann, grâce aux traits raffinés qu'il lui prête dans ses rêveries, une figure gracieuse et presque mythique. Aveuglé par son amour disproportionné pour Odette, il se refuse d'admettre l'évidence : elle n'est pas intelligente et ne lui réserve pas l'exclusivité de son amour. Ce n'est qu'au terme du chapitre « Un amour de Swann » que ce dernier prendra conscience de l'irréalité de son amour et de la nature superficielle d'Odette.

Dans « Noms de pays : le nom », plus de dix années se sont écoulées, à la suite desquelles Odette, devenue Mme Swann, fascine désormais le narrateur qui se plait à la contempler et entend parler de son passé tumultueux. Elle est, grâce à son mariage avec Swann, devenue une femme de gout, mais sa présence est souvent méprisée ; c'est notamment l'une des raisons pour lesquelles Swann se rend seul chez les parents du narrateur, qui ont une très mauvaise opinion d'Odette.

GILBERTE

Gilberte est la fille de Swann et d'Odette. Elle est l'objet de l'amour du narrateur. Rousse, vive, irrévérencieuse (lorsque petite, elle voit le narrateur pour la première fois, elle lui fait un geste obscène), elle ne se plie en rien aux attentes amoureuses de celui-ci. Elle lui rend en revanche volontiers son amitié, lui faisant cadeau d'une bille d'agate et d'une brochure de Bergotte sur Racine (poète tragique français, 1639-1699).

LE SALON DES VERDURIN

Le salon est composé des Verdurin, grands bourgeois qui se piquent d'une sensibilité artistique, et d'un nombre variable de fidèles, parmi lesquels : le médecin Cottard, qui ne brille pas par son esprit, le compositeur Vinteuil, dont la petite phrase musicale symbolisera l'amour d'Odette et de Swann, le peintre Elstir, Brichot, un professeur pontifiant de la Sorbonne, et Odette. C'est dans ce salon que Swann passe ses premiers moments avec cette dernière. Il finira par en être radié.

CLÉS DE LECTURE

UN ROMAN MODERNE

Publié en 1913 en guise de premier tome de l'œuvre-somme *À la recherche du temps perdu*, *Du côté de chez Swann* marque indubitablement un tournant dans l'histoire de la littérature. En effet, Proust y bouleverse les normes à l'aune desquelles on définissait jusqu'alors le roman. C'est d'ailleurs l'une des raisons pour lesquelles plusieurs éditeurs refuseront le manuscrit de ce premier volume – notamment André Gide (écrivain français, 1869-1951) au nom de la *Nouvelle Revue Française*, l'ancêtre des éditions Gallimard. Cet aspect novateur se marque par plusieurs éléments allant des détails formels aux plus subtils.

Le roman jusqu'au XIXᵉ siècle

Longtemps déclassé dans la liste des arts poétiques (qui rassemble l'éloquence, la poésie, la tragédie et la comédie), le roman est à l'origine un genre marginalisé qui se définit malaisément comme un récit de fiction écrit en langue romane. L'étymologie du terme renvoie au *ronmanz*, la langue vivante et vulgaire que l'on opposait au latin.

Malgré cette fâcheuse réputation, le roman a toujours été, dès la seconde moitié du XIIᵉ siècle où on le distingue explicitement de la chanson de geste, du lai et du fabliau, le genre le plus plastique, le laboratoire de tous les possibles et de toutes les audaces. Le roman est ainsi la forme qui a su accueillir tout aussi bien : les premières analyses psychologiques de l'amour avec le *Roman de la Rose* (début du XIIIe siècle), de Guillaume de Lorris (v. 1210-apr. 1240), la gaillardise d'un Boccace (écrivain italien, 1313-1375) ou d'un Rabelais (écrivain français, 1494-1553), en passant par la fantaisie d'un Cervantès (écrivain espagnol, 1547-1616) ou d'un Swift (écrivain irlandais, 1667-1745), ou encore les réflexions philosophiques d'un Voltaire (1694-1778), d'un Rousseau (écrivain et philosophe de langue française, 1712-1778) ou d'un Diderot (écrivain français, 1713-1784).

Malgré la profusion du genre, il faut attendre le XIXe siècle pour que le roman soit considéré, reconnu et véritablement investi en tant que genre littéraire à part entière. Il suffit de penser à Victor Hugo (écrivain français, 1802-1885) et au roman historique, à Balzac (écrivain français, 1799-1850) et à Flaubert (romancier français, 1821-1880) pour le roman réaliste ou encore à Zola (écrivain français, 1840-1902) pour le roman naturaliste. Au XIXe siècle, malgré les distinctions que l'on peut faire au sein du genre entre les écrivains, le roman reflète globalement la société et ses mœurs au travers d'une intrigue.

Parue au début du XXe siècle, la *Recherche* de Proust vient bouleverser la forme du genre, offrant un souffle nouveau au roman.

Une révolution de la narration

Alors qu'au XIXe siècle le roman est narré à la troisième personne du singulier par un narrateur omniscient, *Du côté de chez Swann* instaure une narration à la fois complètement interne (le narrateur s'exprime à la première personne du singulier) et pourtant omnisciente (le narrateur peut s'absenter de son personnage et nous raconter les aventures d'un autre protagoniste comme s'il les avaient vécues lui-même).

En outre, les trois parties qui composent ce premier tome de la *Recherche* ne sont guidées par aucune intrigue véritable : l'histoire s'anime au gré des souvenirs et des réflexions du narrateur personnage, qui revient sur son passé, mais aussi au gré des aventures d'autres personnages dont il connait la vie.

Or la grande nouveauté qui se cache derrière les deux singularités mentionnées (celle de la narration et l'absence d'intrigue) est la suivante : Proust investit la fiction pour capter l'essence du réel. La seule intrigue à investiguer, c'est lui-même.

Le style proustien

Le style proustien se caractérise premièrement par la longueur de ses phrases, particulièrement développées et minutieusement construites. Les premières épreuves de Proust témoignent de cette volonté de toujours préciser son propos afin qu'il soit le plus juste possible : en effet, l'auteur ne cessait d'allonger ses phrases, y incorporant de nouveaux éléments jusqu'au dernier moment.

Dans « Combray », cette particularité stylistique se ressent dès les premières lignes, alors que le narrateur évoque son réveil soudain, peu après avoir fermé les yeux.

Plus loin encore, après son réveil, il évoque le souvenir des chambres dans lesquelles il dormait étant enfant, révélant au lecteur ses impressions et sensations :

> « Mais j'avais revu tantôt l'une, tantôt l'autre, des chambres que j'avais habitées dans ma vie, et je finissais par me les rappeler toutes dans les longues rêveries qui suivaient mon sommeil ; chambres d'hiver où quand on est couché, on se blottit la tête dans un nid qu'on se tresse avec les choses les plus disparates : un coin de l'oreiller, le haut des couvertures, un bout de châle, le bord du lit, et un numéro des Débats roses, qu'on finit par cimenter ensemble selon la technique des oiseaux [...] ; où, par un temps glacial le plaisir qu'on goûte est de se sentir séparé du dehors (comme l'hirondelle de mer qui a son nid au fond d'un souterrain dans la chaleur de la terre [...] ; – chambres d'été où l'on aime être uni à la nuit tiède [...], comme la mésange balancée par la brise à la pointe d'un rayon ; [...] où dès la première seconde j'avais été intoxiqué moralement par l'odeur inconnue du vétiver, convaincu [...] de l'insolente indifférence de la pendule qui jacassait. » (p. 7-8)

Cet extrait, issu d'un paragraphe qui fait plus de cinquante lignes, illustre parfaitement la tendance de Proust à développer de longues phrases. On remarquera les procédés littéraires grâce auxquels Proust étire sa phrase :

- **la ponctuation**. Elle permet de structurer la phrase. Ainsi les points-virgules viennent segmenter le propos tandis que les tirets permettent d'introduire de nouvelles parenthèses ;
- **l'enchainement de relatives** participe également à ce développement syntaxique ;

- **les métaphores et comparaisons** : on note par exemple dans ce cas la métaphore filée de l'oiseau, permettant de nouvelles digressions ;
- **le jeu sur les sonorités** : on relève des assonances et allitérations, en plus de la répétition du son [ivɛʁ] de l'hiver, présent dans la chambre d'hiver [ivɛʁ] et dans le « vétiver » [vetivɛʁ] de la chambre d'été qui envahit l'odorat du narrateur.
- **La structure en chiasme** : Proust oppose la chambre d'hiver (A) dans laquelle on recherche le chaud (B) à celle d'été (B) dans laquelle on recherche le frais (A). L'univers clos, chaleureux et réconfortant de la première pièce contraste avec celui de la seconde, traversée par la brise du vétiver, qui est froide, impressionnante et impersonnelle.

Toutefois, il faut bien noter que cet étirement n'est pas dû simplement à une volonté de l'auteur de construire des phrases prodigieusement longues – l'exemple cité est d'ailleurs l'un des plus extrêmes du roman. Car, si la phrase s'étend autant, c'est pour ne rien laisser de la complexité de la sensation que Proust cherche à décrire et des souvenirs qu'il y rattache, voire même, qui la sous-tend.

Une ambition littéraire moderne

En effet, les descriptions ne concernent pas tant les choses telles qu'elles sont en elles-mêmes, mais bien la sensation qu'elles provoquent sur le narrateur et ce qu'il fait de cette impression sensible dans ses pensées. Ce qui nous amène à l'ambition littéraire de Proust annoncée dès ce premier volume de la *Recherche* : non plus décrire une action ou une histoire depuis le point de vue extérieur d'un narrateur omniscient qui parcourt des paysages et des personnages, mais bien tenter de dégager une essence des choses et des sensations vécues, en les recréant par le travail de la mémoire et de l'imagination.

C'est par cette nouvelle volonté que Proust marque un point de rupture avec le roman du XIXe siècle. En effet, contrairement aux courants tels que le réalisme ou le naturalisme qui apportaient une grande importance aux descriptions physiques des lieux et des personnages établies par un narrateur externe à l'histoire et omniscient, Proust met en place une focalisation interne : le narrateur n'appréhende plus le monde grâce à une analyse des lieux et protagonistes afin d'en dégager les caractéristiques principales, mais grâce à la description des sensations qu'une situation ou un souvenir provoquent ou a provoquées en lui. L'exemple cité précédemment le montre très bien : le narrateur ne décrit pas l'intérieur de chaque chambre mais les émotions que leurs souvenirs éveillent chez lui. L'intrigue ne réside plus du tout dans l'action, mais dans cette recherche des souvenirs et sensations enfouis, cette résurrection du passé par l'éveil de sensations.

AUTOBIOGRAPHIE OU FICTION ?

Auteur et narrateur

Dans *Du côté de chez Swann*, la question de la narration est très complexe. Le narrateur est en effet tour à tour l'adulte qui évoque et commente ses souvenirs d'enfance, l'enfant qu'il était et dans la vie sensible et sensuelle duquel il nous replonge, et un narrateur devenu omniscient qui nous fait rentrer dans la tête d'un personnage en particulier.

Si la distinction entre le narrateur et le héros est ainsi déjà ambigüe, la frontière qui sépare le narrateur de l'auteur semble également poreuse. Les lettres de Proust et ses brouillons pourraient laisser penser que certains noms propres ont simplement été transcrits : Combray serait ainsi une reproduction littéraire d'Illiers-Combray (Eure-et-Loire) où le petit Marcel Proust allait en vacances, tandis que Charles Swann serait l'alter ego romanesque de Charles Haas, un homme du monde que Proust admirait.

De la vie à l'œuvre : l'autofiction ?

Cependant, il faut se garder d'établir des correspondances trop hâtives. Proust, dans *Jean Santeuil*, – un roman qui précède la rédaction de la *Recherche*, qui, comme elle, a pour matériau la vie même de l'auteur mais que Proust abandonnera et qui ne sera publié que très tardivement, en 1952 – se pose à lui-même cette question du rapport entre l'art et la vie :

> « Quels sont les rapports secrets, les métamorphoses nécessaires qui existent entre la vie d'un écrivain et son œuvre, entre la réalité et l'art, ou plutôt, [...] entre les apparences de la vie et la réalité même qui en faisait le fond durable et que l'art a dégagée ? » (PROUST M., *Jean Santeuil*, Paris, Gallimard, coll. « Bibliothèque de la Pléiade », 1971, p. 190)

En effet, les hommes et les femmes que Proust a connus ont posé pour lui de la même manière qu'un modèle poserait pour un peintre : il les a utilisés comme base pour ses personnages, mais il n'y a pas eu pour autant de transposition directe de la vie à l'œuvre. Certains personnages ont même été inspirés par plusieurs personnes, ou par d'innombrables souvenirs que Proust a rassemblés en un seul caractère.

Dans *Le Temps retrouvé* (1927), qui clôt la *Recherche*, Proust revient à nouveau sur cette question du rapport entre l'art et la vie :

> « La vraie vie, c'est la littérature : l'œuvre, même si elle a pour matière la vie, n'en est donc pas une copie. Tout a été analysé, décanté, reconstruit pour faire de l'œuvre "la vraie vie", la vie enfin découverte et éclaircie, la seule vie par conséquent pleinement vécue. » (PROUST M., *Le Temps retrouvé*, Paris, Gallimard, coll. « Bibliothèque de la Pléiade », 1989, p. 474)

Vers l'autofiction ?

Dans cette citation, Proust explique que la vraie vie n'est pas en dehors de l'œuvre littéraire, qui n'aurait qu'à la copier ou la décrire, mais qu'elle se façonne au creux même du processus d'écriture. Selon Proust, l'écrivain doit redéployer sa vie dans une œuvre en quelque sorte totale, pour la saisir entièrement et la faire accéder à la vérité : par le travail de l'écriture, c'est-à-dire du souvenir et de l'imagination, l'écrivain fait advenir la vérité de toutes les sensations, les expériences et les rencontres qu'il aura vécues. Cela achève de prouver que la *Recherche* comporte bien de nombreux éléments de la vie de son auteur, mais que ceux-ci sont entièrement recréés par Proust.

La grande modernité de Proust réside dans cette réévaluation de la fiction : cette dernière n'est plus un supplément imaginaire au réel, mais bien ce qui nous permet d'accéder à l'essence et à la vérité des choses. En ce sens, on pourrait déjà caractériser le genre de la *Recherche* comme étant celui de l'autofiction. Théorisé par Serge Doubrovsky (critique et romancier français, 1928-2017) en 1977, ce genre a en effet comme caractéristique principale l'investissement de la fiction dans un récit narré à la première personne, qui présente l'auteur comme personnage principal.

LE « MONDE » DE PROUST

Avec *Du côté de chez Swann*, Proust nous lègue non seulement une analyse subtile des passions humaines, mais aussi une formidable description de la société bourgeoise et aristocratique de son temps.

L'univers social dans lequel évolue notre héros est stratifié, ce qui est source à la fois d'anxiété et de rêveries intarissables. Ses parents appartiennent à la bourgeoisie qui s'est offusquée du mariage inconvenant de Swann avec une « cocotte », mais le héros n'en est pas moins fasciné par Odette et amoureux de sa fille. Il est tout aussi émerveillé par le nom noble de « Guermantes » qui est, pour lui, prétexte à des aventures imaginaires. Une très grande partie de la *Recherche* est par ailleurs consacrée à la description des différents salons dans lesquels évoluent la société aristocratique et la société bourgeoise, les différents modes de fonctionnement de ces salons ainsi que la frontière symbolique qui les sépare.

Les personnages chez Proust

Combray et Paris apparaissent chez Proust comme des microcosmes de société où l'on retrouve plusieurs types de personnage. Comme Rastignac, Vautrin ou le Père Goriot chez Balzac, de nombreux personnages chez Proust représentent des types sociaux précis, souvent présents ou évoqués dans l'ensemble de la *Recherche*. Toutefois, si l'idée est similaire, elle est loin d'être exploitée de la même façon par les deux auteurs. Réaliste, Balzac construit une catégorie de personnages grâce à des descriptions physiques souvent en lien avec des qualités sociales et morales. Proust procède d'une manière très différente.

En effet, les personnages de la *Recherche* sont très peu décrits physiquement, à l'exception d'Odette (dont on connait les toilettes en détail) et de Swann. L'association à un type social est donc beaucoup plus subtile. On la retrace grâce à la description très fine des us et coutumes qui ont cours dans les différents salons, ainsi que par les registres langagiers utilisés par les différents protagonistes.

Pour cela, nous pouvons premièrement prendre l'exemple des Verdurin, très présents dans « Un amour de Swann ». Les Verdurin sont des mondains qui organisent des soirées où sont mis à l'honneur des artistes et des intellectuels. On compare leur salon à « une petite église » (p. 185), et l'on en parle comme d'un « petit clan » (*ibid.*). Cependant, le couple est loin d'être raffiné et il n'organise en réalité ce genre d'évènement que pour paraitre élevé intellectuellement, d'une compagnie recherchée et de bon genre. Comme le démasque Swann assez rapidement, lui qui ne fréquente ces soirées que parce qu'Odette s'y trouve, la sélection des invités se fonde moins sur une distinction d'esprit, que sur la capacité à colporter des ragots :

> « De même, si un "fidèle" avait un ami, ou une "habituée" un flirt [...], les Verdurin, qui ne s'effrayaient pas qu'une femme eut un amant pourvu qu'elle l'eût chez eux, l'aimât en eux, et ne le leur préférât pas, disaient : "Eh bien ! Amenez-le votre ami." Et on l'engageait à l'essai, pour voir s'il était capable de ne pas avoir de secrets pour Mme Verdurin. » (p. 187)

Chez les Verdurin, l'art auquel ils prétendent donner accès à leurs invités en conviant des poètes et des musiciens, n'est donc qu'un prétexte pour connaitre toutes les histoires secrètes de la haute société et pouvoir prétendre à une certaine proximité avec cette dernière.

Plus subtil encore dans sa critique, Proust dissimule même dans la sonorité de certains noms des connotations péjoratives. Pour les Verdurin, par exemple :

- la chute du nom est rude ;
- la première syllabe « ver » évoque l'insecte peu ragoûtant ;
- la deuxième syllabe « dur », convoque une idée de rigidité, donc un sentiment assez péjoratif ;
- la dernière syllabe, « rin » évoque l'organe à la même sonorité (rein) qui filtre hormones et urine, ce qui est également peu flatteur.

Il en va de même pour Odette. Tout d'abord, son nom (« de Crécy »), comporte également des sonorités dures,

provoquées par l'enchainement des consonnes « c » et « r » :
son nom « crisse », se rapproche de celui de « crécelle »,
terme renvoyant à un instrument en bois provoquant des
sons aigus et désagréables (ce qui donnera d'ailleurs l'expression péjorative « avoir une voix de crécelle »).

Ces personnages permettent à Proust de dresser une critique particulièrement subtile et savoureuse des relations
mondaines qui, pour la plupart, sont superficielles.

L'AMOUR PROUSTIEN

L'amour est l'un des thèmes récurrents dans l'œuvre de
Proust, qu'il soit maternel ou sentimental. Dans ce premier
volume, il est notamment abordé dans « Un amour de
Swann », dont le titre annonce déjà l'omniprésence de ce
sentiment. Seulement, cet amour, qui consume uniquement
des protagonistes masculins, n'est pas positif et est souvent
contrarié, torturé, envié et angoissé. Source de souffrances
pour les personnages, le narrateur commence à l'éprouver
lorsqu'il fait la connaissance de Gilberte, dont il ne sait pas
si elle partage ses sentiments. Le personnage pour lequel
ce sentiment devient pesant est évidemment Swann. Son
amour pour Odette, qui fait l'objet de toute la deuxième
section de ce premier volume, peut être considéré comme
une illustration de l'idée générale que Proust se fait de
l'amour.

On constate d'abord que l'amour n'est pas équivalent entre
Odette et Swann. Bien qu'Odette soit celle qui inaugure les
premières avances, son amour s'étiole vite et ne reste pas
longtemps exclusif.

Aussi l'amour proustien est-il caractérisé par :

- **l'idéalisation**. L'aimant fait de l'être aimé une idée qu'il peut investir imaginairement, indépendamment de la réalité. C'est ce qui se produit entre Swann et Odette : lorsque Swann l'aperçoit pour la première fois, il est très peu réceptif aux charmes réels d'Odette, mais il ne tarde pas à supplanter cette réalité décevante en s'en créant une image d'Odette nourrie de représentations artistiques, grâce à quoi il est en mesure de lui attribuer des qualités physiques, morales et intellectuelles qu'il est bien le seul à percevoir. Swann compare ainsi Odette, dont la beauté n'avait pour lui rien d'extraordinaire, à une figure mythologique peinte par Botticelli. C'est cette image fictive et fantasmée qui va venir filtrer la personne réelle qu'est Odette. Ce n'est qu'au terme d'« Un amour de Swann » que ce dernier prendra conscience que la jeune femme était superficielle et ne partageait ni son esprit, ni ses valeurs ;
- **la jalousie**. En effet, Swann s'imagine très vite, même quand ce n'est pas le cas, qu'Odette lui ment et voit d'autres hommes. On peut notamment penser à l'épisode où Swann, persuadé que son amie ne lui a pas dit la vérité, se rend en bas de chez elle et angoisse en voyant une fenêtre qu'il croit être la sienne éclairée, alors qu'elle lui a déclaré être absente ce soir-là. Après avoir été pris d'angoisse, il réalise finalement que la fenêtre éclairée n'est pas celle d'Odette ;
- **le manque et la dépendance**. Odette étant souvent absente – elle part notamment régulièrement en croisière avec les Verdurin –, Swann est contraint de patienter

jusqu'à son retour, ce qui crée chez lui un manque et un profond désir de la revoir. Cela suscite de l'angoisse chez le personnage qui réalise combien cette absence crée un vide en lui. Swann s'en était rendu compte dès le jour où il avait manqué Odette de peu à une soirée mondaine : « En voyant qu'elle n'était plus dans le salon, Swann ressentit une souffrance au cœur ; il tremblait d'être privé du plaisir qu'il mesurait pour la première fois. » (p. 223) On relève donc, dans la conception proustienne de l'amour, une dépendance envers l'être aimé qui fait souffrir l'aimant et lui fait éprouver un manque.

Enfin, nous pouvons dire que même l'amour que le narrateur porte à sa mère n'est pas exempt de souffrances : l'attente du baiser devient angoissante et l'empêche de trouver le sommeil. Le narrateur enfant passe par des phases similaires à celles de Swann :

- le petit narrateur est envieux des invités, qui le privent de la présence de sa mère ;
- seul dans sa chambre, sa mère lui manque atrocement.

L'amour est décidément synonyme de souffrance chez Proust.

LE TEMPS ET LA MÉMOIRE

Le temps et la mémoire sont deux éléments qui prédominent dans toute la *Recherche*, comme l'indique le titre général de l'œuvre qui nous oriente d'emblée vers son enjeu : la mise au jour de souvenirs passés et ensevelis. Leitmotivs de l'œuvre proustienne, on retrouve naturellement ces deux thématiques, du temps et de la mémoire, entremêlées dans *Du côté de chez Swann*.

Le présent et le passé

La structure narrative des différentes parties de *Du côté de chez Swann* est singulière. En effet, la narration participe au surgissement des souvenirs, le narrateur se souvient et se « ressouvient », c'est-à-dire revit et recrée les évènements en même temps qu'il les narre. Aussi peut-on distinguer deux instances temporelles :

- celle du **présent**. Elle met en scène le narrateur insomniaque qui se remémore ses souvenirs d'enfance ;
- celle du **passé**. Le narrateur chemine dans le passé, de digression en digression. Un souvenir en appelle un autre, une précision sur un personnage évoqué provoque une pause narrative sur ce dernier. De cette manière, la deuxième partie de *Du côté de chez Swann* peut être apparentée à une longue digression sur le personnage de Charles Swann, qui interrompt la trame principale du récit.

La mémoire volontaire et la mémoire involontaire : l'importance des sens

À la distinction des deux instances temporelles vient s'ajouter celle de deux types de mémoires : la mémoire volontaire et la mémoire involontaire. Lorsque le narrateur, dans le premier chapitre, égrène les scènes de son enfance (notamment le rituel du baiser avant le coucher), il s'agit là d'un acte volontaire de la mémoire, afin de pallier l'insomnie.

Mais un évènement dans le récit va faire subitement resurgir des souvenirs plus profondément enfouis, et ce de manière totalement involontaire :

> « Il y avait déjà bien des années que, de Combray, tout ce qui n'était pas le théâtre et le drame de mon coucher n'existait plus pour moi, quand, un jour d'hiver, comme je rentrais à la maison, ma mère, voyant que j'avais froid, me proposa de me faire prendre, contre mon habitude, un peu de thé. [...] Mais à l'instant même où la gorgée mêlée des miettes du gâteau toucha mon palais, je tressaillis, attentif à ce qui se passait d'extraordinaire en moi. » (p. 44)

Cette sensation, caractérisée par son aspect soudain et involontaire (« contre mon habitude », « je tressaillis »), montre bien que les souvenirs enfouis ressurgissent de manière arbitraire. Après un état d'incertitude quant à ce que cette impression de déjà-vu semble signifier, le narrateur la retrouve : « Et tout à coup le souvenir m'est apparu. » (p. 46) On trouve donc ici l'idée d'une seconde mémoire, plus enfouie, que viennent stimuler certains sens : le gout et le toucher.

Cette mémoire involontaire ne jaillit pas seulement chez le narrateur. Charles Swann, dans « Un amour de Swann », vit une expérience similaire avec la « petite phrase » (p. 233) de la sonate de Vinteuil. Il entend la mélodie lors de l'une des premières soirées qu'il passe auprès d'Odette, chez les Verdurin, puis, au terme du roman, entend de nouveau la phrase musicale. C'est l'ouïe qui, ici, fait rejaillir le souvenir et permet à Swann de réaliser que l'amour qu'Odette lui portait s'est fané. La sensation active donc chez Proust un mécanisme de la mémoire qui déclenche involontairement un souvenir, une impression ou un évènement oublié. À cela, le critique Fraisse oppose la « mémoire visuelle aveugle » (FRAISSE L., *Lire* Du côté de chez Swann *de Proust*, Paris, Dunod, 1993, p. 154) au souvenir involontaire que l'on ne peut retrouver que par hasard, dans un concours de circonstances précises – par exemple, l'épisode de la madeleine.

LE RÊVE

De la même manière que la mémoire involontaire fait ressurgir le passé ou une vérité, le rêve a un rôle révélateur dans l'œuvre proustienne. On peut citer le rêve que fait Swann à la fin d'« Un amour de Swann » :

> « Mais tandis que, une heure après son réveil, il donnait des indications au coiffeur [...], il s'écria en lui-même : "Dire que j'ai gâché des années de ma vie, que j'ai voulu mourir, que j'ai eu mon plus grand amour, pour une femme qui ne me plaisait pas, qui n'était pas mon genre !" » (p. 375)

Ici, le rêve permet de faire prendre conscience au personnage que son amour vis-à-vis d'Odette s'est étiolé.

La rêverie consciente joue également un rôle de substitution au réel : au terme de « Combray » par exemple, le narrateur se plait à s'imaginer être l'ami de la duchesse de Guermantes. De même, dans « Noms de pays : le nom », il imagine ce que pourrait être la découverte de Venise et de Florence, avant d'apprendre qu'un véritable voyage vers ces destinations s'organise, auquel il ne pourra prendre part à cause de sa santé trop fragile.

Enfin, il nous faut encore noter que le rêve, déformation du réel, le retranscrit ou le dévoile souvent sous le filtre de l'art : les lumières de la chambre du narrateur lui font penser à Golo à la recherche de Geneviève de Brabant (héroïne d'une légende populaire médiévale), Swann idéalise Odette en lui prêtant les traits d'une peinture de Botticelli. Enfin, dans la suite de l'œuvre proustienne, non étudiée ici, c'est à la suite d'un rêve que le narrateur prendra conscience qu'il souhaite devenir écrivain.

Premier volume de la *Recherche*, *Du côté de chez Swann* annonce les thématiques qui rythmeront l'ensemble de l'œuvre proustienne, telles que l'amour, les mondanités, l'importance de la rêverie et de l'art, le souvenir, le raffinement et la critique de la société. De même, les personnages présentés ici réapparaitront dans les deux autres volumes, permettant à l'auteur de tracer leur cheminement tout en cherchant à retrouver et retranscrire le temps perdu.

QUELQUES QUESTIONS POUR APPROFONDIR SA RÉFLEXION...

- *Du côté de chez Swann* peut-il être considéré comme un roman autobiographique ? Argumentez.
- Pourquoi le narrateur s'attarde-t-il sur l'histoire d'amour de Swann, qui a eu lieu des années avant sa propre naissance ?
- En quoi et comment Proust se moque-t-il de la vie de salon et des mondains dans le roman ? Donnez des exemples.
- *Du côté de chez Swann* relate au moins deux amours : celui de Swann pour Odette et celui du narrateur jeune pour Gilberte. Quelles sont les caractéristiques de l'amour proustien ? Quels parallèles peut-on établir entre le narrateur et le personnage de Charles Swann ?
- Proust était très attaché au titre *Du côté de chez Swann*, malgré les recommandations de son ami Louis de Robert (écrivain français, 1871-1937), qui aurait préféré qu'il en change. Pourquoi a-t-il malgré tout conservé ce titre ?
- Pourquoi les critiques jugent-ils que la parution de *Du côté de chez Swann* marque l'avènement du roman moderne ? Expliquez.
- À votre avis, comment serait-il possible de traduire le style foisonnant et précieux de ce roman dans un langage cinématographique ?

- Dans « Combray », Proust écrit les phrases suivantes :

> « Il en est ainsi de notre passé. C'est peine perdue que nous cherchions à l'évoquer, tous les efforts de notre intelligence sont inutiles. Il est caché hors de son domaine et de sa portée, en quelque objet matériel (en la sensation que nous donnerait cet objet matériel), que nous ne soupçonnons pas. » (p. 44)

Expliquez en donnant des exemples tirés de l'œuvre.

- Roland Barthes (sémiologue et écrivain français, 1915-1980) a publié en 1967 un article intitulé « Proust et les noms » dans lequel il écrit que « Le Nom proustien est à lui seul et dans tous les cas l'équivalent d'une rubrique entière de dictionnaire : le nom de Guermantes couvre immédiatement tout ce que le souvenir, l'usage, la culture peuvent mettre en lui » (BARTHES R., « Proust et les noms », in *Œuvres complètes*, Paris, Seuil, 2002, p. 66-67). Commentez en donnant des exemples.

POUR ALLER PLUS LOIN

ÉDITION DE RÉFÉRENCE

- Proust M., « Du côté de chez Swann », in *À la recherche du temps perdu*, Paris, Gallimard, coll. « Bibliothèque de la Pléiade », tome 1, 1987.

ÉTUDES DE RÉFÉRENCE

- Assouline P., *Autodictionnaire Proust*, Paris, Omnibus, 2011
- Fraisse L., « La mémoire des sensations : Proust en discussion avec une génération de philosophes », in Bohler D. (dir.), *Le Temps de la mémoire : le flux, la rupture, l'empreinte*, revue *Eidôlon*, n° 72, Presses Universitaires de Bordeaux, septembre 2006, p. 151-167.
- Fraisse L., *Lire* Du côté de chez Swann *de Proust*, Paris, Dunod, 1993.
- Simon A., *Proust ou le réel retrouvé. Le sensible et son expression dans* À la recherche du temps perdu, Paris, Honoré Champion 2011.
- Ton-That Th.-V., *À la recherche du temps perdu. Proust ou l'écriture prisonnière*, Paris, Éditions du Temps, 2000.

ADAPTATION

- *Un amour de Swann*, film de Volker Schlöndorff, avec Jeremy Irons, Ornella Muti, Alain Delon, Fanny Ardant, Marie-Christine Barrault et Jean-François Balmer, France, R.F.A., 1983.

- Fiche de lecture sur *Le Temps retrouvé* de Marcel Proust

DUMAS
- Les Trois Mousquetaires

ÉNARD
- Parlez-leur de batailles, de rois et d'éléphants

FERRARI
- Le Sermon sur la chute de Rome

FLAUBERT
- Madame Bovary

FRANK
- Journal d'Anne Frank

FRED VARGAS
- Pars vite et reviens tard

GARY
- La Vie devant soi

GAUDÉ
- La Mort du roi Tsongor
- Le Soleil des Scorta

GAUTIER
- La Morte amoureuse
- Le Capitaine Fracasse

GAVALDA
- 35 kilos d'espoir

GIDE
- Les Faux-Monnayeurs

GIONO
- Le Grand Troupeau
- Le Hussard sur le toit

GIRAUDOUX
- La guerre de Troie n'aura pas lieu

GOLDING
- Sa Majesté des Mouches

GRIMBERT
- Un secret

HEMINGWAY
- Le Vieil Homme et la Mer

HESSEL
- Indignez-vous !

HOMÈRE
- L'Odyssée

HUGO
- Le Dernier Jour d'un condamné
- Les Misérables
- Notre-Dame de Paris

HUXLEY
- Le Meilleur des mondes

IONESCO
- Rhinocéros
- La Cantatrice chauve

JARY
- Ubu roi

JENNI
- L'Art français de la guerre

JOFFO
- Un sac de billes

KAFKA
- La Métamorphose

KEROUAC
- Sur la route

KESSEL
- Le Lion

LARSSON
- Millenium 1. Les hommes qui n'aimaient pas les femmes

LE CLÉZIO
- Mondo

LEVI
- Si c'est un homme

LEVY
- Et si c'était vrai…

MAALOUF
- Léon l'Africain

Malraux
- La Condition
  humaine

Marivaux
- La Double
  Inconstance
- Le Jeu de l'amour
  et du hasard

Martinez
- Du domaine
  des murmures

Maupassant
- Boule de suif
- Le Horla
- Une vie

Mauriac
- Le Nœud
  de vipères

Mauriac
- Le Sagouin

Mérimée
- Tamango
- Colomba

Merle
- La mort est
  mon métier

Molière
- Le Misanthrope
- L'Avare
- Le Bourgeois
  gentilhomme

Montaigne
- Essais

Morpurgo
- Le Roi Arthur

Musset
- Lorenzaccio

Musso
- Que serais-je
  sans toi ?

Nothomb
- Stupeur et
  Tremblements

Orwell
- La Ferme
  des animaux
- 1984

Pagnol
- La Gloire de
  mon père

Pancol
- Les Yeux jaunes
  des crocodiles

Pascal
- Pensées

Pennac
- Au bonheur
  des ogres

Poe
- La Chute de la
  maison Usher

Proust
- Du côté de
  chez Swann

Queneau
- Zazie dans
  le métro

Quignard
- Tous les matins
  du monde

Rabelais
- Gargantua

Racine
- Andromaque
- Britannicus
- Phèdre

Rousseau
- Confessions

Rostand
- Cyrano de
  Bergerac

Rowling
- Harry Potter à
  l'école des sor-
  ciers

Saint-Exupéry
- Le Petit Prince
- Vol de nuit

Sartre
- Huis clos
- La Nausée
- Les Mouches

Schlink
- Le Liseur

SCHMITT
- La Part de l'autre
- Oscar et la
  Dame rose

SEPULVEDA
- Le Vieux qui
  lisait des romans
  d'amour

SHAKESPEARE
- Roméo et Juliette

SIMENON
- Le Chien jaune

STEEMAN
- L'Assassin
  habite au 21

STEINBECK
- Des souris et
  des hommes

STENDHAL
- Le Rouge et
  le Noir

STEVENSON
- L'Île au trésor

SÜSKIND
- Le Parfum

TOLSTOÏ
- Anna Karénine

TOURNIER
- Vendredi ou
  la Vie sauvage

TOUSSAINT
- Fuir

UHLMAN
- L'Ami retrouvé

VERNE
- Le Tour
  du monde
  en 80 jours
- Vingt mille
  lieues sous
  les mers
- Voyage au
  centre de
  la terre

VIAN
- L'Écume des jours

VOLTAIRE
- Candide

WELLS
- La Guerre des
  mondes

YOURCENAR
- Mémoires
  d'Hadrien

ZOLA
- Au bonheur
  des dames
- L'Assommoir
- Germinal

ZWEIG
- Le Joueur
  d'échecs

www.lepetitlitteraire.fr

ISBN version numérique : 978-2-8062-9421-0
ISBN version papier : 978-2-8062-9422-7
Dépôt légal : D/2017/12603/95

Avec la collaboration de Apolline Boulanger pour l'étude du personnage du narrateur, Swann, La famille du narrateur, La mère, La grande tante Léonie et Odette, ainsi que pour les chapitres « Le roman jusqu'au XIXe siècle », « Une révolution de la narration », « Le style proustien », « Une ambition littéraire moderne », « Vers l'autofiction ? », « Le "monde" de Proust », « L'amour proustien » et « Le temps et la mémoire ».

Conception numérique : Primento,
le partenaire numérique des éditeurs.

Ce titre a été réalisé avec le soutien de la Fédération Wallonie-Bruxelles, Service général des Lettres et du Livre.